52時70分まで待って

桑田 窓

思潮社

52時70分まで待って

桑田　窓

思潮社

目次

装幀＝思潮社装幀室

52時70分まで待って

桑田 窓

未完成

切り絵の空の星たちが
はらはらと舞い降りた夜
シリウス色したブローチの女の子
七色のお手玉を
星座のない空へ放り上げている

落書きの塔に沿って昇る雲から
銀河渡来の雪が降ってくる
絵日記の途中
雪沓を履いて駆け寄った
春まであと三歩

若草色のハーモニカ

桜を揺らす風のチャイム
早春の旋律に乗って
天に向けた願いは虹色のまま
その小さな手に戻ってきた

移ろう季節の隙間に
ぼんやりとした道が延びている
風が手招きする方へ
花びらは吸い込まれ
さっき拾った雪のかけらは
その冷たさを残して
もうどこかに消えてしまった

霞んだままの道の向こうは
夢見る時間の終わりだろうか
おとなになるまで
あっという間なのに
変わらないものは何だろうか

終着（闇夜）

空っぽの観覧車は回り続ける
終わらない黒い打ち上げ花火
粉々になった夜空を背に
点滅する負の数字
時の列車が走る架橋の下
倒れたままの私がいる

泡立つ車体は
乗客を待つことなく進む
置き去りにされた人には
出口へ続く　下りしかない
エスカレータが待っている
破れた上着のポケットには

もう手つかずのことばは残っていない
あの日誓った光の舞台には
ついに辿り着けそうもない

土砂降りの海底から延びる
冷たい崖への回り道
誰かが操る赤信号ばかりの路線を
来たせいだと私は呟く

黒い空に　より黒い花が咲いて
遠い自分がそこに映ったように見えた

いつか　私が
「少し先の未来で待っているから
　あとはよろしく」と
寝そべったまま自分自身に言った——
そのとき私は
列車から転げ落ちたのだ

始発（薄明）

未来行きの切符を買った改札口
もはや見つけられない終電の残り香
瓦礫で出来たホームでだいぶ
始発を待った夜明けの五番線《ファイブ》
太陽の列車はついに来なかった

曇りの日は
遠くの空が見えないのではなく
見えているのが
遠くの雲という違いだけだと
昨日もひとり強がっていた

いくつにも分かれる道の

その時々で
前を歩く人をただ追いかけてきた
その背中についていけばいいと
ずっと甘えて生きてきた

始発を待つ夜明けのホームで
子どもの頃の私を抱いて歩く
両親の後ろ姿の夢を見た
短い眠りから覚めたあとの
窓の外にある　新しい朝の気配

守ってくれる背中も　誰かの残り香も
もう私には探せない
忘れかけた朝の光を追って
この薄暗い駅を出よう
そこはきっと
どこかへ続く線路も道も　まだない
あるスタート地点だ

一度きりの航路

長く続く夜を引き留める岬
夕顔の霧が晴れない港の
きれいな色の泥の船
「どこにも着けず　沈みます」
そう看板に書いてある

さよなら
廃園の首都
停止した惑星
ただ寝そべっている人々

乗るときに貰った
千年後の星座表

いつか消える月の暦
それをぼんやり見ていれば
沈んだことさえ
気づかなくなるのだろう

次第に明けていく空に
真っ黒な飛行機が横切った
出発の合図

終点まで連れて行ってくれる船なんて
あるはずがない
そして「二周目」の航路も

乗客の眼はどれも
自分が目指す先を見ていた
私も　そう呟いて顔を上げた

雨の向こうの時計店

焼けた石畳の陽炎で
青い宝石が浮かんで見える午後
降ってくる溶けた日ざし
沸点以下の夕立のきざし

すずめはその熱をくぐり抜けて
白樫の小枝で一息ついた
隣には木陰色の時計店が建っている

「いろんな時間を売っています」
入口にある貼り紙の
薄暗い店の中
あちこち向く針　こちこち鳴る音

すずめはちらりと目をやった

店内にいるとんがり帽子の客は
逆向きに進む時計を探している
どこまでも戻れる針か
今朝までしか戻れないのか
価格次第ですよと店主は答える

もう一人のシルクハットの客は
時間をいつでも止められる時計を
買いに来たという
店内では効果は試せないと
店員は念を押している

「時計がなくたって
　急な雨は分かるのに」
すずめはそう呟いて
夕立後の冷えた空へ飛び立った

「いつものあの家　またパンくずを
　置いてくれているかも」

針の目盛りひとつ
戻れない空は
少しだけ秋に向かっていた
今を生きるすずめと
同じ早さで
夕焼け雲が流れていた

遠い河畔

金色の微熱が映る水の鏡
真夜中の隙間に
内緒で置いた手紙の引力
向こう岸に届かぬまま
行き場をなくした心の声は
蛍になってさまよっている

消えゆくことばの蜃気楼
君に届くと信じよう
水の上　空中に漂う便せんに
光のインクでしたためる

誰も傷つけない
やさしいことば
だけど
誰かの心に届く
つよい芯がある

五つ目の睡蓮が咲いていた頃
君はそう褒めてくれたっけ

手放したことばの向こうには
遮るもののない大空が
ずっと遠くまで広がっている

この川を離れるすべがないのなら
君を見上げ　舟を漕ごう
川面に映る影を　追いかけていこう

空色の転出届

緑の絵の具が霧になって
混じった風の向こう
れんげの蜂蜜色の壁の家
遊びに行くのが楽しみだった
じいちゃんとばあちゃんの家

きょうだい三人でいつも
二階におもちゃの野菜を広げて
お店屋さんごっこをして過ごした
音もなく降る十七時の日差しが
薄い窓越しにさよならを告げに来ると
お店の商品を片付ける部屋も暗くなった

あれから三十余年
子どもの頃と同じように
狭い路地を通って向かった先の
今は雑草が覆う家の跡
ひとり　空色の二階を見上げる

病室には一度も
連れて行けなかった
じいちゃんたちのひ孫は
就職して　ほんものの
お店屋さんで働いているよ

会わせることはできなかったけれど
あれから娘は無事
自転車に乗った頃のまま
夏の空を経由して
巣立って行きました

――もしかしたら
　知っていたかな
　　空から見ていてくれたかな

子や孫を送り出したあとの
空き地に残された
雲のかたちの転出届
またひとつ空にかざしたら
八月の日差しは
目を閉じて　うなづいたように
私のまわりに丸い日陰を落とした

「また来んね　風邪ひかんごと」
ばあちゃんはいつも
玄関で見送ってくれていた

そのあたたかな眼差しが
今も　遠い空から届く

だいぶくたびれた私の背中を
そっと押してくれる

この惑星の組曲

広い地球の真ん中に咲いている
あおい野の花は
全ての方角を見渡して立っている
天を見上げて　大きく葉を広げている

その若葉に渡せるものは
何もないけれど
ただ　その手を
自由なままにしてあげたい

私も今を生きている
一緒に走っている
迷っているときはそばに行き

また別々に走り出す

そうやっていつの日か
見えないバトンとなって
きみの心に溶け込んで
生きる力をつないでいく

雲の上の停留所

手つかずのアクリルの空
ところどころに浮かぶ
動かない雲を眺めていると
雲の上の停留所に
並んでいる人たちが見えた

あの停車場の名は「アンタレス入り口」
次は「フォーマルハウト正面」
その先は「スピカ前ステーション」
空中の路線図に沿って
それぞれの星に向かう乗り物を
待つ人々なのか
さらに上空を見上げると

螺旋状に延びる乗り場が続いている

今はこの世にいない人も
私が出会っていない頃の姿で
どこかに立っていて
だから互いに
気づかぬまますれ違う

誰もみな　選んだ分かれ道の先には
辿り着く地があって
私もそんな行き止まりの
道の途中にいるだけだ

どれくらい高く昇れば
遠い星へ帰る停留所に着くのだろう
懐かしい人たちがいる星は何処《いずこ》
それを知る術はない

今日も
限られた命のうちの一日
目の前の見慣れた道は
いつか
まっさらな空へ溶け込んでいく

ユングフラウ

雪色の列車
雪を乗せて
雪の中を走る

音のない車輪
熱のない客車
色のない街を
微かに息を吐きながら
坂道を通り過ぎていく

誰もいない駅に
発車の合図《ベル》が響く

声なき高峰の首筋を
伝って　流れ落ちる
雪玉になった和音

白い山の頂きで
取り残された音符が
こくり眠りについた
茜空の裾の掛け布団
そっと尾根を覆って

ゆっくりおやすみ
また　あした

さらば

人の温度がない空気に包まれた
約束の電波塔に辿り着いたとき
手にした懐中時計は
マイナス四時を指している

枯れ木を組んで出来た塔が
手招いて生まれた気流
迎え火のため　焼けて歪んだ鍵
その煙が外に漏れないように
回るプロペラの音

受付の頭上に飾られた
油まみれのカンテラ

誰でも行けるはずの
待ち合わせの部屋へは
何かを燃やさなければ入れない

これまで歩いた道の所々で
手を伸ばして受け取った
八つの雪の結晶
「それを燃やすんだな」
入り口に取り付けられた
ほかの音声は登録されていない
ガイドの声が聞こえてくる

てのひらから吸い上げられた
まだかたちのある記憶
炭の霧と混ざり合って
ずっと見上げていた泥色の天頂を
覆い隠していく

とんとんとん——
いつの間にか後ろにいた
知らない人が
私を追い払うように靴を鳴らす

何を目指していたのか
思い出せないまま
私は時計を気にしていた

面影

八朔の夜　衛星《カロン》にて
空を埋め尽くす巨大な星を眺める
冥王星に住むうさぎとの交信
鶺鴒が弾くピアノの喪心

生まれてからずっと真冬　真夜中
北上するメタンの川縁にある家
光のない宝石を塗《まぶ》した水面
はるか昔に滅んだ国の

凍る寸前の隙間風に
垂れ下がった細い豆電球が
一度揺れる音がした

小さな灯りで充分だった
いつも同じ色の窓のそばで
春を待つ母の横顔を見ていた

フォーエバー

建設途中の蘇芳の城
そこに続くベルベットの空の道
出会うことのない星の引力で
空中に引き上げられ
住む人もなく浮かんでいる

私が進む道の先には
空の城を完成させる図面があって
そのありかの目印として
かざぐるまをつなげた
雲の行列が待っているはずだ

早く着かないと

雲が消えてしまうと焦るけれど
似たり寄ったりの街路樹が
道の向こうを隠している
時報を知らせるラジオを止めようと
ふたが開かない鞄を慌てて探る

　ずっと時間が止まったらいい
　そう思える人は幸せだよ

日時計の紙吹雪を乗せた
夕暮れの風の声が聞こえて
おもわず私は
昨日の空を振り返る

天球の星々を押しのけて
古びたフイルムに映る
掠れた輪郭の月が
軋んだ音を立てて昇りはじめる

必ずどこかで終わる無数の道
誰も辿り着いたことがなくて
きっと　どこにもない
永遠

鮮明

六秒後
この水色の地
十億年降り続いた雨があがる
浅い空の季節が終わる

私の短い一生でも間に合った
見知らぬ先々代が建てた
崖の上の天文台
梅雨が明けたことを記録したあと
模造の光を纏ったまま
奈落の底に崩れ落ちていく
金箔で飾られた姿を隠すように

しばらくぶりに見た夕陽が
カーテンの隙間から
斜めに入ったあと
私の足元で止まった

それは
ゴールテープの影だったのか

まばたき一ついらない
谷底までの途方もない時間
ずっと
目に焼きついて離れなかった

葬制　フィエスタ

今日　私は
　どこの誰から見ても
汚れた人間になってしまった
　そして　同時に
　どこの誰からも
年老いた人と呼ばれるようになった

　これまで自分の葬制を
　口先だけで発してきた
どうせまだ先のことと鼻歌まじりに
あたかも祝祭日《フィエスタ》でも待つように

その日は必ず来る
だから　やっぱり――

落とすことのできない汚れなら
みんなと同じ型紙の上着で隠し
戻ることのない道を行くのなら
落葉を降らす枯木の下を歩こう
生きている私の　一番若い今を

十八時のメロディ

まだほんのりと熱を持った
ケチャップ色の夏の後ろ姿
そのしっぽのような
雲の影を追いかけていけば
幼い頃の故郷に
戻れそうな気持ちになる

子どもの頃　学校から帰ると
すぐに近所の友だちと
近くの道端で遊んでいた
やがて　夕焼け小焼けの澄んだ音が
高く背伸びした
オレンジの空から降ってくると

それじゃ　またあしたと
みんな家路についた

おとなになって帰る実家は
少し　しんとしていた
きちんと並んで
ひと休みしている台所の鍋も
みんなを迎えるために
おめかしした玄関も
私を育んでくれたこの家が
どこか愛おしかった

昔と同じはずなのに
知らない町のような故郷で
知らない誰かとすれ違うとき
こんばんはと
あいさつを交わせたら
あの日の夕暮れに戻れるかな

みんなで刻んだ石畳の落書きは
今も残っているかな——

さて　風が冷たくなってきた
からすといっしょに帰ろうと
口ずさみながら
そろそろ　うちへ帰ろう

「ただいま」「おかえり」
十八時のメロディとともに
弾んだ声が聞こえてくる
夕焼け空の暖かな色が
家々の窓に移り　灯っていく

光と希望の交差点

元旦の諏訪神社の石段を
のぼりきって見上げた空は
灰色の雲だけを近くに感じた
私が呟いたのか　誰かの声か
悔しさ　やるせない思い
堪えきれず漏れたため息——
参拝客で溢れる参道は
冬の重い空気に充ちていた

たくさんの微かな願いが
煙になって浮かんでは
その分厚い天井に阻まれて
空に届かず戻ってくる

その希望はもう舞い上がらない

さっきひいたおみくじに書いてあった
「なにごとも心をうごかさず
　仕事を守りなさい」
そのことばを読み返すうち
私が私だった頃を思い出す

がらんどうの星の上で
誰もがみんな
限りある命を懸命に生きている
大切なその時間　誰かを思いやる

そんな思いが行き交う世界を
神様が見に来てくれて
分厚い雲の隙間から光が射して――
小さな願い事が明るく照らされたなら
空の彼方へ飛び立ってくれたなら

旅の途中

単色《モノクロ》の凪に削れた柱が
　寄り集まって支えあう
天国の宮殿
　その下の途方もない崖を
青いまま枯れた
　無数の葉が落ちていく

いつも開いている門
　いつも閉じている門
燃え尽きた音楽
　足跡だらけの天井画

もう天辺に来てしまった

どうやら
降りる道はなさそうだ

浴室に続く泥道に
　脱ぎ捨てられたドレス
空洞の壁に刻まれた
　透明な別れのサイン

五角形の月が見た夢
水没した塔の願い

君が全力で走ってきたこと
ちゃんと知っているから
一緒に帰ろう
二人が　忘れものをしたままの
あの夏の城で
また　やり直そう

ともにある命　かわらない願い

七夕の笹の葉が並ぶ商店街
お日様が見ていない
日陰の近道を通った先の
諏訪神社の公園へ急ぐ
じいちゃんの後を追って
プラスチックのバットと
ゴムボールを持って
じいちゃんは片手でバットを振っていた
ベースに向かって元気に走っていた

ばあちゃんがつくってくれた
野菜を小さく切った甘いカレー
ばあちゃんは一緒には食べなかった

テーブルもない狭い台所で
踏み台を椅子のかわりにして
ひとり　ごはんを食べていた
泊まった日は
夜中に何度も起きて
掛け布団をかぶせてくれた

あの頃
自分の寿命を分けるから長生きしてと
勉強机で七夕に書いた私は
就職して　その何十倍もの時間
仕事場の机に座っている

いま　人生のどのあたりにいるのか
知りようもないが
この世は　座ったまま過ぎゆく
回転木馬ではないはずだ

父と母は
じいちゃんとばあちゃんになって
孫の世話に忙しい
私は今年も
子どもの頃と同じ願いごとを
笹の短冊に書く

薄く色づく南風

眩しすぎるほど黄色い街の
プリズムとじゃれ合う
小さな明滅
水辺に住むモンシロチョウは
いくら羽ばたいても届かない
高い空を旅する
アサギマダラにあこがれていた

聞きたいことが　たくさんあった
風の路線図　遠い国の草花
見知らぬ蝶たちのキャラバン
煌めく星座の羅針盤

エメラルドの飛沫を弾く
水車のそばでひとやすみしながら
もしその姿を見つけたら
どう話し出そうか考えている

河川敷の薄い草の揺れ方で
南から吹く風を知った
待ち焦がれる蝶は
その方角からやって来るはずだ

夏草は露草のことを
羨ましく思っているだろうか
冬の木の枝は
早く緑の服を着たいと
照れているのかな

そろそろ日が暮れてきた
代わりに灯る街灯の向こう側の

葉っぱの我が家へ帰ろう
どんな遠い地に生まれても
一生あれば　きっと会える
そう信じて　明日を待とう

ひとりぼっちの世界

高台の高速道路から
遠く見渡せる冷たい灯籠
きれいなビー玉を
敷き詰めた夕暮れの街並み

遅くなった帰り道
握りしめたハンドル
中央分離帯のガードレールが
旅立つ船から伸びた
別れの紙テープのように
窓の外を流れ去っていく

ずっと悔やんでばかり

いつか話し合えるときが来る
また親の顔をして
我が子との時間を過ごせるようになると
勝手に思い込み
かけがえのない時間を
無駄にし続けてきた

逃げていく秒針のアーチの下
釣鐘草のランプに照らされた道が
誰もいない世界へ私を導いて行く

見慣れた月は
灰色の雲の向こう
声にしたら涙が溢れそうで
呼びかけることもできず見送った光
その微かな灯りは
行くすべがない薄墨の山際に
吸い込まれていった

#親孝行

たまに電話で話せても
結局母は遠い昔の
後悔ばかり口にする

父はいつも強がって
なにを言っても頑なに
心配ないとしか答えない

カセットテープの再生ボタンに
違うことばで問いかけるけれど――

だけど
同じ返事の向こう側に
小さな声が　発せなかった声が
聞こえることがあるんだよ

親と子にしかつながらない
使い古しの電話機
受話器の手前に
言葉を置いたままなのは
私も同じだから

わかった
またね

時の空　雲の道

通い慣れた高速道路と
山道を走っていくと
雲のリフレインを
指でなぞった先に
離れて暮らす実家が見えてくる

お盆前のある日
姪っ子と私は　コマ回しで遊んでいた
なかなか回せない二人をみて
父がさっと回して見せた
「手前に傾けて投げるとさ」
真似て投げるとコマはよく回った
その横で父は

四つ葉のクローバーを見つけたと
めずらしく喜んだ様子で
それを手に玄関前の坂を駆け上がり
家へ帰っていった

父が心臓の手術をすることを知ったのは
それから一か月後のことだった
「手術の日　うちに泊まって
　お母さんの手助けをしてほしい」
いままで私には
頼み事などしなかった
父からの電話に
はじめて親子の会話をした気がして
受話器を静かに置いた

手術の前日　病院の談話室
父と母と私
親に甘えた立場とは違う

自分が世話をするという感情でもない
一つのテーブルに座って
話せるひとときが　なぜか嬉しかった

その後　父は肺の合併症もあり
退院するときには
もう家ではストーブが待っていた
父は　強がりの父に戻っていた
いつもの部屋に座っている
いつもとは少し違うその姿でも
懐かしく　ほっとした

「それじゃまた来るね」
そう言って実家の玄関を出ると
外は雨が降り始めていた

通い慣れた帰り道
何度手を伸ばし

空を指でなぞっても
分厚い雲が
その先を覆っていた

センチメンタル

行くことにしたよ

旅立ちの唄の五線譜の
もっと上に浮かぶ風船は
夕焼け色の音符
その音色が響く岬から見えた
幽霊船が集まる港へ

いつまでも思い悩む私に
じれったいと呟いて
幼いままの私なら
もうどこか遠くへ
走って行ってしまっただろうか

ずいぶん小さくなった　記憶　思い出
すぐそばの薄暗い街灯に映る自分の影

太陽が溶け込んだはずなのに
冷えていく細い道
子どもの頃の私は
いなくなったわけではない
いつも自分の足元で
私を見上げ
一緒に歩いている

いつか涸れゆく滝で待つ

六花の滝の音は誘う《メヌエット》
雨色の夏姿の影法師《シルエット》
時折触れる日なたの体温
二つの時間を引き寄せる飛沫《イオン》

もう会えないと
自分に言い聞かせたあの笑顔が
流れ落ちる水の譜面に映っては
霧になって消えてしまう
私が通り過ぎた水たまりに
青いままの葉が浮かんでいる

誰かを想うには

想う誰かに見合う自分でいよう
そう誓った頃の
今はもういない私しか
渡れない気がして
滝の手前の最後の橋で
いつも決まって立ち止まる

知りようもない未来
この地球の片隅
私が借りて生きる
ほんの少しの時間と風景
それでも歩き続ければ――

後ずさりしそうな背を押すは太陽
小さな二つの影はきっと重なる
いつか涸れゆく
砂時計のような滝の下で

ファンタジア

ここは黄道十二宮の途中
雪曇りの熱風都市
オーロラが降る蒼天の下
大空に震える夏木立

キセノンの雲の隙間から
落下する水上機
季節ある国の水路から
発火する水蒸気

十次元の花壇に埋めた天秤
太陽と素粒子を測定する何かの影
すべてを奪った枢機卿

曖昧に記録する倒置法

凍った夜に広がる恒星は
百兆年後に
すべて寿命を迎えるという
生まれる星のない漆黒の空

携帯ラジオのＡＭの
雑音混じりのレクイエム
友好の誓いとともに
夕立が近いと予報を伝えている

けれども
この街には雨宿りする人も
雨をしのぐ軒先もない
もちろん
ラジオを聴く
生きている人は一人もいない

運命の人

その日　街はしんとしていた
朝日が寄りかかる家に住む
枯れたすすきの杖を持った貴公子
最初に彼を見たのは
一ルーメンの未明　黎明
繰り返す雷鳴
会ったことがあるような
やっぱり知らない人のような

透明な人が毒の炭を火にくべて進む
最終の乗り合い自動車
表示された行き先は
水星にあるカロリス山脈

灼熱の星の山頂まで
一駅で到着できるという

空と似た色の煙が上がる前に
光の門の駅に着かなくてはと
私は鞄に仕舞ったままの
深海の泥の砂時計を気にして
早歩きになった

道の途中　絶壁の橋に
その貴公子が立っているのが見える
日が沈む墓地行きの停留所だ

ずっと先にあると思っていた
けれど
はじめから決まっている終点
そうとは知らずに

ただひたすら歩いてきたが
このあと私は
彼から呼び止められる
これは夢だと逃げだそうとしても
もはや手遅れである
もう目が覚めないのだ

真っ暗闇のスクリーン

飛行機のかたちをした
飛ばない乗り物が並ぶ
風吹きやまぬ藁葺き屋根の飛行場

その乗り物のヘッドライトは
等間隔のピチカート
通り雨のオブラート
光の幕の消えたあと

私はあたりを見回して
その光の残りかすを探している

今いる敷地を抜け出したい

希望に溢れたひとりごとより
ほかの誰かと笑ってみたい
高くそびえる
夜の末端にしがみつき
薄暗い燈會《ランタン》を握りしめる

地平線を目指して進んでも
次の地平線が果てなく続くというけれど
それすら
小さな星の一本道を
歩き回っているだけだ

藍染めの空は　そうささやいて
より濃い藍のカーテンを閉めた

もう眠りたい
時間切れのアラームを
虚ろな目で聞いていたい

笑顔のうた

冷たい風が吹く日は
心の火を灯す人の傍で
寒さをしのいで過ごせた
急な雨に見舞われたときは
皆で大きな樹の下に集まった

笑顔のうたなんて
意識しなくてもよかった
今思えば　何気ない日々に
いつも誰かが私を励ますうたを
口ずさんでくれていたことに気づく

夜になって眠れば朝が来る
そんなときは過ぎ
腹に力を込めて歩かなければ
明日へ届かない毎日に
私は私を見失っていた

子どもの頃は親に守られ
今も社会に支えられて生きている
世界の内側に
小さくても
自分の居場所と役割があるのなら

私が歩く細い道の途中で
誰か泣く声がしたら
心の種火を差しだそう
弱い炎も二つになれば
暗い夜を行く互いの足元も見えるだろう

物音ひとつしない空に
か細い口笛が聞こえたら
そのメロディにのせて
いつか聞いた笑顔のうたを
そばで一緒に口ずさもう

霧に隠れたターミナル

混み合う手書きの線路を
夜通し走る列車がある
鉱石の欠片を纏って
乗客の記憶を剥ぎ取って

どこに向かえばいいか
決まっていないのか
手当たり次第に
ルートを変えながら
ベニヤ板のホームに滑り込む

四両目の車両だけは
別のレールを走っていた

銅で出来た雲に掴まりながら
塵に埋まったその駅を
通り過ぎていった

ホームに打ち上がった魚になって
私は他の乗客の波に飲み込まれる
壊れた天井の灰を浴びる人形の手が
ときおり動かす時計の針に
私の歩みは追い越される

今から人生をやり直したいという
誰かのことばを聞くたびに
そう都合よくいくかと
思って生きてきた

あの車両に乗っていたらよかった
出口のない掃き溜めの駅で
私はそう呟くしかなかった

四日目の三日月

暮れ残る水郷は
瑠璃灯が揺れる夜に
おいてけぼりになった
暗く散ったブーケ
いつか暮らした
草堂で育てた花の

その島の空は
夏の隣の六面体
夕映え響く聖歌隊
幼い頃に弾いたオルガンの
花の香をちりばめた音色は
小さな丘まで届いていた

数え切れないほどの太陽を
見送った静かな空には
明日へのチケットが
霧雨のように舞っている
私はその紙吹雪が届かない
丘の下の土手にうずくまる

いつまでこうしているのだろう
寂れた星座の隙間には
まだ三日月が昇っている
狭い島を出たはずの私は
今日の背中にさえ追いつけない
遠い夜の底にいた

さざ波

雲の小枝で夜明けを待っていた風が
そっと歩き出したほとり
ぱらぱらとページをめくるように
南へなびく海の桟橋でひとり

毎日仕事場へ通い働いて帰る
まだ見ぬ空の下に辿り着けるなんて
もう思ってはいない
どこかで落としたはずの大切なものが
何だったのかさえ
思い出すことができないのに
後悔だけはいつまでも握りしめたまま
暗い水面を漂っている

私が浮かぶ海を遠く見渡せば
誰もが皆　手づくりの小さな舟に乗り
ひとりオールを漕いでいる
どこにもない宝物を探して
ずっと真夜中のままの
波打つ草原を渡ろうとしている

無伴奏の飛行船の彼方
次第に雲は溶け
完成する青空

夜明けの風は
みんなの海を
今日も起こしに来てくれた
新しい朝だ

空につながる太陽の糸に
舟の旗を結びつける人たち
私が櫂を漕ぐ波は小さいけれど
ほかの誰かの波と合わされば
目を覚ます人もいるだろう

空と海と人とが手をつなぎ
また次の朝が生まれ
この世界は続いていく

七色の道しるべ

きっと空に触れられる
地図に載っていない透明な丘は
まだ春の日差ししか知らなかった
無数の紙風船が揺れる坂
草の香りにつつまれて寝転んだ

十六時の土の温もりの奥に
昔あったはずの森の国
地平線と空が混じる頃に点灯する
夜の天蓋いっぱいの地図
そこにあらわれる
明日の行程を見つけて

あわてて手帳に書き写す
まず　北極星からカペラへの天道を
それからリゲルに続く
南へ向かう峠を越えて——

社会に出てはじめての冬
葉を落とした街の木々は
何も持たないその枝に
その向こうで輝く星々を
飾りつけているように見えた

でたらめでもいいから
次の角を曲がってみよう
きっと　どんな道を選んでも
色鮮やかな街路樹が迎えてくれる

春風のカレンダー

はじめて雪を見る朝は
空を見上げ
高い雲に手を伸ばすだろう

これが最後の夜ならば
いつも使った食器に向かい
お礼のことばを伝えたい

自ら咲いて　自ら枯れる
そうしてできた
墓標のない花の霊園

窓から見える庭の中央に

パンくずを置いて
すずめが啄みに来るのを
ひとり眺めている

庭の隅の白樫の梢で
生まれたばかりの風が
賑やかに食事する
すずめたちに届いたら
季節はもう春だ

鳥たちは羽ばたく
私も旅立ちのときだ

未来

ゆっくりと降る雨を避けて
透過する夕映えの光線
架空の線路の別れ霜
微睡む青い影を映している

また新しいスタートがあると
ひなびた一本道を歩いてきた
一日に何度も通る歩道は
まっすぐで
登り坂も砂利道もない
すぐそこに見える
出口に着けば引き返し　その繰り返し
足元の珍しい石ころも拾い終えた

四つの電球の彼方に澄み渡る
十二音のキャピタル
いつか追いかけたヒメボタル

ポケットにしまったままの
地図よりも　もっと先へ
歩き慣れた道の
向こう側へ踏み出そう

消えない弱さや悲しみを
すべて受け入れられる
そのときまで
抱きかかえたまま生きていく

春の風よ　私についてこい
進もう
触れたことのない明日へ

あとがき

運行は今日までと聞いていた未来行きのターミナルに駆け込んだのは、もう深夜になる頃だった。駅の回転扉を入った瞬間に流れたアナウンスは内容を聞き取れなかったが、その放送が鳴り止んでからは、いくらあたりを見回したり、これまでの記憶を辿ろうとしても、自分がここに何をしに来たのか見当がつかない。

薄暗いコンコースで途方に暮れる私の方を向いて、小さな光が話しかけるように点滅している。ずっと奥の0番ホームに電光掲示板があるようだ。

二〇一六年に、実質的に初めてつくった詩集『五季《いつき》』に収録した99編には、作品に込めた思いが読んでくれる人に少しでも伝わればと、それぞれの詩に「書いた時のエピソード」を小さく付けた。自分を少しでもさらけ出したら、本の向こう側にいる人に、より言葉が届くと思った。

二〇一八年に出版した『メランコリック』の35編は、私の周りの方々へのメッセージや地域における詩の活動としてだけでなく、私がまだ知らない人や読者をより意識してつくった。投稿を続ける傍ら、詩集を通じて多くの方と交流するきっかけとなった。

そして、二〇一九年、出版により投稿を自粛した私の「詩との関わり方」は、それまでの「投稿中心の詩作」から、言ってみれば「あてのない詩作」になっていた。孤独な作業にも思えるが、だからこそというべきか、私の目線は、投稿先より詩を通じて出会う人々に向かうようになった。例えば、ひとつの詩に、何かひとつでも読者が掴みやすい「取っ手」のような言葉があれば、読者と作者は繫がり「握手」ができるのではないか。そうしたら、その詩全体をより近くに感じてもらえるのではないか。そう思いながら、ひとつひとつ詩を書いていた。

私にとって、やっぱり詩作は楽しい。特に、一旦完成した詩を推敲するときが一番楽しい。ひとつの作品を一体、何十回書き直すのだろうと自分でも思うけれど、もう少しもう少しと、手直しをするひとときが、いろんな悲しみや悔しさに満ちた日常において、私の大切な時間であり、心の支えになっていた。

もっと長く推敲したら、もっといい作品になるだろうか。だけど、10年推敲したら違う作品になってしまいそうだ。だからなるべく早く本にしようと、今度の詩集も前著と同じく「18か月で30数作の詩作」することを目標にした。

たとえ私や周りの誰かがこの世界にいるとして、家族や大切な人と私との重なりあった時間は限られている。できるだけ早く、特に私の両親に、今の私を記した本を渡したいと思った。

薄暗いコンコースの電光掲示板の前に立つと、表示されたデジタルの時計の数字は24を超えていた。時間はずっと一方通行で、二度とゼロには戻らない。さっきまであると思っていた「今日」も「明日」も、本当はこの世界にはない。いつかは終わるひとつの時間が、ただ流れているだけだ。

奥のホームの時刻表示は、30時、40時と進んでいく。私は思わずその機械に向かって叫び、走り出す。「みんなを呼んでくる。すぐに戻るから、ちょっとだけ待っていて」

こんなに暗い駅だから、小さな灯りでも見つけることができた。

みんな一緒に乗ろう。微かな光が照らす扉の向こうに、きっと未来行きの列車がやって来る。

二〇二一年三月

桑田　窓

桑田　窓（くわた　そう）

一九七〇年　長崎市生まれ、佐賀市在住
一九九八年　現代詩の投稿をはじめる
二〇一六年　詩集『五季』（佐賀新聞社）
二〇一八年　詩集『メランコリック』（思潮社）

「立夏」主宰、「山脈」同人
「日本詩人クラブ」「日本現代詩人会」会員

現住所　〒八四〇-〇八〇六 佐賀県佐賀市神園三-七-二三

52時《じ》70分《ふん》まで待《ま》って

著者

桑田《くわた》 窓《そう》

発行者

小田久郎

発行所

株式会社 思潮社

〒一六二-〇八四二 東京都新宿区市谷砂土原町三-十五

電話 〇三(五八〇五)七五〇一(営業)

〇三(三二六七)八一四一(編集)

印刷・製本所

三報社印刷株式会社

発行日

二〇二一年九月十日